Madame DOUBLE

Collection MADAME

1 MADAME AUTORITAIRE
2 MADAME TÊTE-EN-L'AIR
3 MADAME RANGE-TOUT
4 MADAME CATASTROPHE
5 MADAME ACROBATE
6 MADAME MAGIE
7 MADAME PROPRETTE
8 MADAME INDÉCISE
9 MADAME PETITE
10 MADAME TOUT-VA-BIEN
11 MADAME TINTAMARRE
12 MADAME TIMIDE
13 MADAME BOUTE-EN-TRAIN
14 MADAME CANAILLE
15 MADAME BEAUTÉ
16 MADAME SAGE
17 MADAME DOUBLE
18 MADAME JE-SAIS-TOUT
19 MADAME CHANCE
20 MADAME PRUDENTE
21 MADAME BOULOT
22 MADAME GÉNIALE
23 MADAME OUI
24 MADAME POURQUOI
25 MADAME COQUETTE
26 MADAME CONTRAIRE
27 MADAME TÊTUE
28 MADAME EN RETARD
29 MADAME BAVARDE
30 MADAME FOLLETTE
31 MADAME BONHEUR
32 MADAME VEDETTE
33 MADAME VITE-FAIT
34 MADAME CASSE-PIEDS
35 MADAME DODUE
36 MADAME RISETTE
37 MADAME CHIPIE
38 MADAME FARCEUSE
39 MADAME MALCHANCE
40 MADAME TERREUR
41 MADAME PRINCESSE

Madame DOUBLE

Roger Hargreaves

Elles se ressemblaient comme deux gouttes d'eau !

Qui cela ?

Madame Double et madame Double, pardi !

C'étaient deux sœurs jumelles.
Elles habitaient un drôle de pays :
la Doubloslavie.

Pourquoi ce nom ?

Tu le découvriras bien assez tôt !

Un matin, madame Double et madame Double
prenaient leur petit déjeuner.

Deux œufs à la coque chacune.

Soudain, deux coups retentirent à la porte.
Toutes deux allèrent ouvrir.

Sur le pas de la porte, se tenaient deux facteurs !

– Bonjour-jour, dirent-ils.

En Doubloslavie, les gens parlaient ainsi.

– Deux lettres pour vous-vous, ajoutèrent-ils.
– Merci-ci ! dirent les deux sœurs.

Elles lurent leurs lettres en terminant de déjeuner.

Après avoir lu leurs lettres,
après s'être lavées
et après avoir fait leurs lits jumeaux,
elles partirent en courses.

À Doublebourg.

Sur leur chemin, elles croisèrent deux agents.

– Bien le bonjour-jour ! leur dirent-ils.

Les jumelles achetèrent deux pains
à madame Doublegalette, la femme du boulanger.

Puis elles allèrent acheter de la chair à saucisse chez monsieur Gras-Double, le boucher.

– Deux cents grammes de chair à saucisse-cisse, demandèrent-elles.

– Voilà-là, dit monsieur Gras-Double.

Il enveloppa la chair à saucisse.

Dans deux paquets !

Ensuite, les jumelles rentrèrent
à la villa "Deux Pièces".
C'est ici, en effet, qu'elles habitaient.

Monsieur Curieux
était au volant de sa voiture.
Il revenait du Pays du Sourire.

Il avait passé la nuit chez monsieur Heureux
et rentrait chez lui.

Il remarqua une pancarte
qu'il n'avait jamais vue auparavant.
Elle indiquait la direction de la Doubloslavie.

– La Doubloslavie ? pensa-t-il.
Curieux ! Je n'en ai jamais entendu parler !

M.C

Curieux comme il l'était,

(il ne s'appelait pas monsieur Curieux sans raison !)

il bifurqua
et prit le chemin de la Doubloslavie.

Il faisait très chaud ce jour-là,
et monsieur Curieux était assoiffé.

Il s'arrêta devant la première maison
qu'il rencontra.
Madame Double était dehors,
en train de jardiner.

– Ça ne vous ennuierait pas de me donner
un verre d'eau ? demanda-t-il.
Il fait si chaud aujourd'hui.

– Absolument pas-pas,
répondit madame Double avec un grand sourire.
Venez-nez.

Monsieur Curieux se demanda pourquoi
elle l'avait appelé papa et avait parlé de son nez,
mais il ne dit rien.

Il traversa le jardin de la villa « Deux Pièces »
derrière madame Double.

– Après vous-vous, lui dit-elle
en ouvrant la porte.

Monsieur Curieux entra et sursauta.

– Je vois double ! s'exclama-t-il.

– Pas du tout-tout !
lui expliqua la petite dame qui se trouvait devant lui.
Je suis sa sœur-sœur !

– Elle a raison-son, approuva l'autre petite dame.

– Je suis en Doubloslavie ?
demanda monsieur Curieux
tout en buvant son verre d'eau.

– Oui-oui-oui-oui, dirent-elles en chœur.

– Et vous parlez tout le temps comme ça ?
s'étonna monsieur Curieux.

– Comment ça, comme ça-ça ? dirent-elles.

– Voulez-vous déjeuner avec nous-nous ?
proposa l'une des deux sœurs.

– Nous avons préparé des tomates farcies-cies,
ajouta l'autre.

– Eh bien d'accord-cord !
répliqua monsieur Curieux.

Leur façon de parler était contagieuse-gieuse !

Après le repas,
madame Double et madame Double
emmenèrent monsieur Curieux à Doublebourg.

Elles lui montrèrent le Musée d'Art moderne-derne.

Toutes les toiles étaient en double !

Elles le conduisirent ensuite à la mairie-rie
où il rencontra le maire.

Monsieur Double-Menton.

– Bienvenue dans notre ville-ville !
lui dit-il en lui serrant la main.

Ils allèrent ensuite prendre le thé
au grand hôtel de Doublebourg, le Ritz-Ritz.

Ils dégustèrent chacun
deux tasses de thé et deux gâteaux.

– Laissez-moi payer-yer,
dit monsieur Curieux.

– Oh, non-non ! répliquèrent-elles.
Vous êtes notre invité-té !

RITZ

Il était assez tard quand ils sortirent du Ritz-Ritz.

– Il faut que je m'en aille-aille, annonça monsieur Curieux en montant dans sa voiture
qu'il avait garée devant l'hôtel.
Je n'aime pas conduire la nuit-nuit.

– Enchantée d'avoir fait votre connaissance-sance, dit madame Double.

– J'espère que nous nous reverrons bientôt-tôt, ajouta sa sœur.

– Au revoir-voir ! lança monsieur Curieux.

– Au revoir-voir ! répondirent-elles en chœur.

Deux jours plus tard, monsieur Curieux
recevait une lettre.

Sur l'enveloppe il y avait le cachet de Doublebourg.
Et aussi deux timbres !

Curieux, il l'ouvrit aussitôt.

Dans l'enveloppe, il y avait une contravention !

Pour stationnement en double file
devant le Ritz-Ritz de Doublebourg !

Ce qui est rigoureusement interdit-dit...

RÉUNIS VITE LA COLLECTION ENTIÈRE

1 MME AUTORITAIRE
2 MME TÊTE-EN-L'AIR
3 MME RANGE-TOUT
4 MME CATASTROPHE
5 MME ACROBATE
6 MME MAGIE
7 MME PROPRETTE
8 MME INDÉCIS

9 MME PETITE
10 MME TOUT-VA-BIEN
11 MME TINTAMARRE
12 MME TIMIDE
13 MME BOUTE-EN-TRAIN
14 MME CANAILLE
15 MME BEAUTÉ
16 MME SAGE

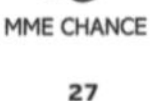

17 MME DOUBLE
18 MME JE-SAIS-TOUT
19 MME CHANCE
20 MME PRUDENTE
21 MME BOULOT
22 MME GÉNIALE
23 MME OUI
24 MME POURQ

25 MME COQUETTE
26 MME CONTRAIRE
27 MME TÊTUE
28 MME EN RETARD
29 MME BAVARDE
30 MME FOLLETTE
31 MME BONHEUR
32 MME VEDET

33 MME VITE-FAIT
34 MME CASSE-PIEDS
35 MME DODUE
36 MME RISETTE
37 MME CHIPIE
38 MME FARCEUSE
39 MME MALCHANCE
40 MME TERREUR
41 MME PRINCE

DES **MONSIEUR MADAME**

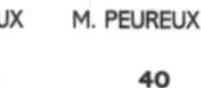

ILLE · 2 M. RAPIDE · 3 M. FARCEUR · 4 M. GLOUTON · 5 M. RIGOLO · 6 M. COSTAUD · 7 M. GROGNON · 8 M. CURIEUX · 9 M. NIGAUD · 10 M. RÊVE

REUR · 12 M. INQUIET · 13 M. NON · 14 M. HEUREUX · 15 M. INCROYABLE · 16 M. À L'ENVERS · 17 M. PARFAIT · 18 M. MÉLI-MÉLO · 19 M. BRUIT · 20 M. SILENCE

RE · 22 M. SALE · 23 M. PRESSÉ · 24 M. TATILLON · 25 M. MAIGRE · 26 M. MALIN · 27 M. MALPOLI · 28 M. ENDORMI · 29 M. GRINCHEUX · 30 M. PEUREUX

IANT · 32 M. FARFELU · 33 M. MALCHANCE · 34 M. LENT · 35 M. NEIGE · 36 M. BIZARRE · 37 M. MALADROIT · 38 M. JOYEUX · 39 M. ÉTOURDI · 40 M. PETIT

IG · 42 M. BAVARD · 43 M. GRAND · 44 M. COURAGEUX · 45 M. ATCHOUM · 46 M. GENTIL · 47 M. MAL ÉLEVÉ · 48 M. GÉNIAL · 49 M. PERSONNE

ISBN : 978-2-01-224873-1
Loi n° 49-956 du 16 juillet 1949 sur les publications destinées à la jeunesse.
Imprimé et relié en France par I.M.E.